隠喩さみしい

川森基次句集

inyu samishii
Kawamori Mototsugu

ふらんす堂

序

俳句という十七音が私たちの人生にどのように寄り添い、どのように人生を変えていくのだろうか。摩訶不思議な十七音。いま改めてそう思う。

川森さんが「門」へ入会したのは、令和三年九月。まだ二年足らずの短いお付き合いである。お付き合いの長さはともかく、令和四年の夏頃より「門」の句会への参加、そして二次会へも快く顔を見せてくれるようになる。豊富な話題の提供者でありながら、つねに周囲の人の話にも耳を傾ける真摯な姿がそこにあった。そしてなにより酒豪、否こころ優しき愛酒家でもある。

こうした機会を重ねるなかで驚かされたのは、その多彩な横顔であった。俳句の魅力は「遊牧」の塩野谷仁氏に学び、現在はその「遊牧」の編集長という重責を担っているという。そればかりか短歌の会にも籍を置き、絵画の腕前もなかなかのもの。学生時代は文学青年を自認していたというから、それも頷けるというものだ。中高生の頃はバンドを組みドラマーとしてライブ出演するほどの実力派。マルチな才能の片鱗は若かりし頃からすでにのぞかせていたのである。

そんな川森さんが句集を出したいと言う。とくに驚くことはなかったが、「句集、門同人になってからにしませんか」と提案すると「いいえ、いまでいいです。ひとまとめにしたいのです」と、毅然とした答えが返って来た。固定観念に縛られることを良しとしない彼らしい答えだ。そう、いつも彼は、川森さんは毅然としているのである。

馬の墓掘らば狐火悲話会津

川森作品を初めて意識したのがこの一句である。〈令和四年「門」三月号〉――「狐火悲話会津」の言葉の響きにまず魅了される。悲話会津とは戊辰戦争での白虎隊の話。時代の流れの中、尊い命を自ら断った少年隊士たち。その一途な魂の声が闇の中より静かに、そして烈しく聞こえてくる。馬ノ墓の種蒔桜が会津の美里町を美しく染める季節も近い。少年達の魂もこの淡い花の色に溶け込んでいるのだろう。――そう私は評している。一句の輪郭が鮮明なことに眼を見張った記憶が蘇ってくる。
まさか、この作が俳句を始めてわずか一年余りの人の手によるものとは。その後も一つの方向に留まることなく、俳諧味や詩情あふれる作品、機知に富む作品、さらには虚実のあわいに遊ぶ作品など、自由自在にしかも淡々と句作に励み、投句を楽しみとしている。本句集においても、初めて目にする作品の方がはるかに多い。その分、興味を惹かれた作品も決して少なくない。二年少々という短い俳句との関わりのなかで、これほどの作品を一挙に並べ終えた作者。言葉に対する拘りと才能は誰しもが認めるところだろう。その一方で、先人の遺した名句や鑑賞、評論にも広く眼を通し、自らの作句の血肉としたことも想像に難くない。

手前生国河内平野のいかのぼり
悪党の集合写真つくつくし
桃の花男は化粧念入りに

少年蟹忘れがたく泥の河

文楽めそめそと太夫炬燵欲し

句集『隠喩さみしい』は掲句の一句目、「手前生国」から始まっている。柴又の寅さんの口上を彷彿させる入り方である。まずは大阪生まれであることを読者に知らしめる。しかも「河内平野のいかのぼり」だ。このインパクトに読者は間違いなく引き込まれてゆく。こんなエピソードがある。例会を終えた二次会での席。ある同人が川森さんにこう話しかけた。「自分の作品が読み上げられたときは、大きな声で名乗ってね」。「え、そんなに小さかったですか。でも自分が大きな声を出すと怖いですから」と冗談めかして言い、一呼吸おいてから改めて「もとつぐ」と大声で名乗ったのである。その声はいかにもドスが利いて迫力十分。そのあと彼は小さく肩をすくめながら「ね、怖いでしょう」。毅然とした川森さんに見るまこと繊細な一面であった。

二句目。時に悪さもした学生時代の仲間たちとの久々の集まり。みんな白髪になったり皺が増えたりと老いは隠せないものの、心根の優しさは昔のままだ。「つくつくし」が巧み。三句目、芝居がかった男の化粧が美しく思えてしまう。四句目、大阪は安治川を舞台にした宮本輝の小説「泥の河」を詠んだ一句。少年が暗く淀んだ川の上で蟹を燃やすシーンが鮮やかに浮かんでくる。「パチパチパチパチ」。蟹の燃える音が悲しい。五句目、「心中天網島」だろう。駄目男が炬燵でめそめそと。一句の言い回しに勢いがあるのが面白い。ありとあらゆる事物、事象から俳句の素材を嗅ぎつける作者である。

階段で谷中生姜とすれ違ふ
白菜の芯冷えるまで立つ廊下
曲線はすでに夜明けの金魚鉢
十五夜のきれいな水にして返せ
しづり雪青水晶の目がひらく
かはたれに蝦夷春蟬のざざざ雨

父にして竹馬の行きつ戻りつ
放課後の雨よりもなほ二月のかもめ

これらの作品の一番の魅力はシンプルな言葉の働きにある。意味を見つけようとする心の動きを保ち続けた結果、美しい言葉の結晶を紡ぐ作品に昇華する。作品のそれぞれに映る小さな物語。その小さな世界のなかで人間の願望や矜持、屈折といった揺れ動く胸中が多面体を見るように表現されている。知らず知らずのうちに作者の心の扉の合鍵を必死で探し出そうとしてしまうのである。これこそ俳句鑑賞の冥利ではないだろうか。

一句目、すれ違った「谷中生姜」が幽霊のよう。二句目、白菜の芯の白さと硬さは作者自身か。四、五、六句目は「水」「しづり雪」「ざざざ雨」と湿り感の違いを巧みに言い表している。十五夜の闇に響く作者の叫びに静寂な湿りを思い、しづり雪から落とし込んでいく青水晶の目には耽美的な湿り感を覚える。ざざざ雨にはえんえんと鳴く蝦夷春蟬のエネルギーの激しい湿りを。

ひとつの言葉がつぎの言葉を引き寄せながら、それぞれの作品の趣に浸透していく。七句目、父という存在が限りなく深い虚無に包まれているようだ。最後の一句、「なほ二月のかもめ」の詩情豊かな表現に、ふと命は瞬間、魂は永遠。そんな言葉が脳裏をかすめる。

集中には、作者の融通無碍な精神が凝縮された作品が数多ある。読者はそれぞれの好みで作品を選ぶことだろう。私は次のような作品に食指を動かされる。押しつけがましさなど微塵もないシニカルな眼差しを思うからである。

母眠るころ太郎はパリにかの子の忌
無花果は隠喩さみしいマルコ伝
夢うつつ身は逆走の雪しまき
咳をしてみても八月の公園
牡丹の奥処に癒えぬものを焚く
秋は落日正気わづかに楕円

帝国を名乗るホテルの初国旗
うはばみの阿亀火男冬眠す
豆炒つて食べるも自由鬼の春

あとがきで作者はこう記している。〈俳諧自由〉とは緊張感のある厳しいテーゼだと思う。「わたしの表現」に問われているのは「わたしと世界との関係」だと自分に言い聞かせればなおのこと――。すでに川森さんは俳句と肩を組み、がっちりと固い握手を交わしているのだと思う。その作品の足跡がこれからどのように残されていくのだろうか。期待は限りなく大きく膨らむ。
最後にこの一句を挙げて筆をおきたい。

君はいつか草入り水晶青あらし

令和五年八月

鳥居真里子

隠喩さみしい＊目次

川森基次句集

隠喩さみしい

錘鉛

手前生国河内平野のいかのぼり

恵方巻いて鬼の泣くころ猫の恋

たはむれの鴨川デルタしゃぼん玉

羊歯萌ゆるはニューロンの樹状突起

春の鐘ボンタンアメのオブラート

記紀以後を稚鮎と信じ身も心

蜜月は野蜜に了る菫まで

缶蹴りの合図どこから花辛夷

踏青の手に一握の石礫

北限の斧振り下ろされてやぶ椿

梅が枝にわけ知り顔の睫毛かな

腕組みのポーズは苦手桜咲く

暗闇に連れ去られしは桜守
こめかみに花ひとひらの余命なる

葉桜を待つて吉野の深呼吸

飛びされば螢の匂ふガラス瓶

生真面目な昼顔だから誰も来ず

横顔は寂しらを言ふ不如帰

風死すやタトゥーの肌も躊躇はず
ぬばたまの黒き金魚の夜伽せん

今昔の鰹烏帽子の変身譚

並べては隔たることの青林檎

炎帝の髭の白さを急ぎけり

灼熱の争ふべきは音数律

恋余り海月嚙みあふ至上主義

壁ぎはの後ろきびしき青蜥蜴

恐竜の後は野となれすべりひゆ

これやこのアニマルプリント灯も涼し

石占の吉凶片寄る片翳り

落蟬の則天去私の鳴きをさめ

行き合ひの空を戸惑ふ海キリン

砂浴びの象の目遠く晩夏光

一枚を纏ふ八月赤き布

祖父の名の思ひ出せない敗戦忌

悪党の集合写真つくつくし

影法師つれて花野のはづれまで

ふりかへる秋桜も無く鷗の死

羊羹の口に苦しを秋彼岸

階段で谷中生姜とすれ違ふ

盧舎那仏ある日葡萄になりたまふ

月光のもしや自惚れ犀の角

犀の角触れてみたきを昼の月

秋の虹身に覚えなき狐雨

狩衣の袖にんまりといぼむしり

涙目で箪笥長持ち月うさぎ

木の実降るこころ縄文の雨曜日

その森のかつて腐植に蚯蚓鳴き
会津身知らず鳥の高さに実を晒す

霧迫る林道ゲート開きしまま

芒野は羽二重団子食ひたがり

文楽めそめそと太夫炬燵欲し

秋は朝好きでくちびる紅ひかず

たとふれば万世女系夕紅葉

審問の手に房どりの黒葡萄

胎動のゆめあるまじく夜の桃

内緒にねキツネノカミソリまでのこと

行く秋の戻りためらふ沈下橋

逃散の村に一樹の木守柿

分かれに白山茶花を迷ひけり

懸崖に山羊美しき神無月

腓返り三分危ふし寒桜

キリル文字とは白鳥のふりかへる

錘鉛を下ろし浮寝の鳥でゐる
何を聞かれても梟の銃眼

除夜ざわと尾の無き狐ねり歩く

寒の雨木は石になる悲の器

白葱の断ち切りがたき恨みかな

一夜明け一月一刀彫の顔

軒つらら轆轤に壺の立ちあがる

天狼に青の絵の具を使ひ切る

白菜の芯冷えるまで立つ廊下

あまりにもカミソリ堤防ゆりかもめ

こんな冬虹どんなエヴァンゲリオン

夢うつつ身は逆走の雪しまき

抱卵

密猟の象牙どうなる春の雨

春に濡れ等高線をなぞる指

一人称正体見たり雪割草

浮かばれぬ魚氷にのぼる鏡池

雪解川木の骸なら逢ひにゆく

放課後の雨よりもなほ二月のかもめ

南南西からの漂民やぶ椿

東風吹かば鳥やけものの耳飾り

赤海老の蒼い抱卵水温む

きさらぎの背中から来る煽り風

櫓と櫂を捨てて棹さす川のきさらぎ

充電は終はりましたね涅槃西風

日和山船は登らず木の芽時
片恋の蓬餅などよく喋る

桃の花男は化粧念入りに

雛飾り繰り言ばかり母の母

こつそりと内裏の首に触れてみる

雛の間の母だけがゐるフォトグラフ

母眠るころ太郎はパリにかの子の忌

謀いかなる仕儀に梅見岩

鳴きし後ゆくへ杳たり呼子鳥

記紀以前鳥族のゐて春卵

鷹化してずぶ濡れの鳩犬笑ふ

瘡蓋は治癒のお印雁帰る

春の雨有精卵を祈りけり

春一番トロイの木馬いつの間に

チェスの駒春寒の一手血迷ふ

陽だまりの犀に目がありて草青む

舞ふ姿見せない春のこはいもの
臨時ニュース蝶の翅音にかき消され

蝶舞って宴はじまる廃墟かな

鍵盤に蝶の瞬き指ぐり

忘れないために眠らず蝶の紋

蝶飛んで蝶に空似の蝶とまる

負け鶏の負けず嫌ひの負けつぷり
ご維新で染井吉野にいれかはり

花に傷娘義太夫どうするどうする

後ろ手で胴吹き手折る桜守

桜また来る散華ひとは泥濘む

高楼を下り来て族は桜褪め

厄介なもの少年漢気桜散る

風下のやうな風上さくら餅

圏外に身を潜めたる犬桜

北北東散る花と散る花の奥

舌先で拭へど残る蜂の脚
紫の袈裟を纏ひしマグノリア

意味といふ柱状節理四月馬鹿

春眠の中に最後のマトリョシカ

逡巡を流して川の遅日かな

春の日のオペラ歯医者に行つてから

借金の悲しき才あり啄木忌

残酷な四月のテーゼ「愛を知る」

先鋒は白詰草を軽く踏み

雲雀啼き巻十九末うら思ふ

鏡文字野に放たれて蝶の群れ

レム睡眠爆破されたる蝶の基地

ストロボと同じ速さで狂ふ蝶

げんげ田に何を犬啼くゆふまぐれ

夏隣向かふ隣はまだ空き地

野薊の乾くにまかせ移りすむ

海ごらん象起ち上る春の雷

命脈は波打ち際の桜貝

菜の花の簡単レシピ遺書のやう

剽窃の最後の頁イースター

定かには見えず寝釈迦の喉仏

郷愁の背丈概ね葱坊主

逃げ水を詩人のやうに象の旅

蒲公英の後のこころを吹きすさぶ

追放

かはたれに蝦夷春蟬のざざざ雨

門送りからは雨の日かたつむり

雨音は膝折るあたり花菖蒲

初夏の恐竜となり食ひ荒らす

絆とか燕子花とか文目なく
紙のストロー五月雨のコカ・コーラ

名付けえぬ卯の花腐し雨の味

雨の日の布袋葵の嬉しさう

皐月雨淫ら足止めの歌まくら

少年に黙秘権あり毛虫焼く

青《チン》蝶《ディエ》は華人ときどき夏の蝶
君はいつか草入り水晶青あらし

少年蟹忘れがたく泥の河

なめくぢり家出に塩のひとつかみ

六月の眼鏡のくもりそのままに
手の影をスプンで運ぶ半夏雨

わかれ来しはことばとからだ蛇の衣

北斎ブルー小舟急かせる初鰹

影無きは鏡よ鏡水中花

ヤポネシア密約の梅雨前線

半裂きや暗河のやまと世替はり
つぶされた苺の恥辱味はひぬ

血の色の蟹の血の色水のやう
溢るるや鮎とか愛とか身をよぢる

消えた尾を返してやらうか牛蛙

水甕の抱きここちかな青葉闇

白昼の釣り堀といふ死角かな

先住の猫はシュールに扇風機

円周率3・14苺ケーキ

まづビール甲殻類の口に泡

密室の常時接続冷蔵庫
雨やまず薄いアジアの瓶ビール

人類は重たき水の朝茶かな

曲線はすでに夜明けの金魚鉢

驟雨きてここは横須賀コカ・コーラ

達者かな百年来ない金魚売

冷たい夏虫愛づる姫の追放

一本の箒木がありし至近距離

火蛾の群れ遅れて炎騒ぎ出す

向日葵の耳鳴りがしてヴァン・ゴッホ

朱夏の闇朱門暗がりの阿形吽形

緊縛の蟹の念仏口の泡

怒髪天を衝くと言ひしが髪洗ふ

核酸の螺旋のねぢり熱帯夜

宙返りしててんたう虫の腹黒き

コインランドリー丸窓の夏怒濤

たけなはに金魚散らかる夜会かな

金魚玉騒げばあたる流れ弾

紙芝居飴買へぬ子は片蔭で

妖しさも半分くらゐ逆さ虹

喉元を過ぎて淋しいかき氷

捕虫網捨てて砂丘に井戸を掘る

知つてるさ死ねば死にきり夏椿

青痣のいつまで夏は惜しげなく

のうぜんの零れて狭き門となる

青梅は天変地異の目を盗み

群れてより迷路まよはず蟻の列

病葉を数へ男の影腐る

噂ならのうぜんかづらくちずさむ
ありていに仏陀さておき蓮の花

遠雷の遠雷のまま雨降らず

晩夏光縮尺かへて鳥の地図

夕焼のいつかサバンナ海キリン
晩鐘がポンポンダリア鳴らすから

雲の峰パンタグラフの上がる音

一冊の世界のをはり紙魚走る

棄教

八月が了る水抜く身体から
等時拍枕木尽きて帰る秋

稲妻を能楽堂に連れて行く
咳をしてみても八月の公園

銀漢の落ち合ふ手筈共謀す

泥舟のいつ来る銀河逃避行

八月を遠路タイヤの焦げくさく

休暇明け麒麟のゐない遊園地

祭壇に一顆葉月のしるしして

密会は喪の明け待たず天の川

十五夜のきれいな水にして返せ

深層の水の宅配雨の月

桟橋は横顔ばかり今日の月

水みくじ「失せ物出づる」と雨の月

十六夜の乳白色の爪を切る

月満ちて潦なす半月板

雁渡し唐《から》船《ぶね》浜に朽ちしより
なにゆゑの鹿のしがらみくぐるとは

停車場は不来方にあり昼銀河

指立てて色なき風の在りどころ

秋桜の学校がありて風の精

屹立のどこか寄り添ふ曼殊沙華

少年茜に焼け母とゐる土手

丘に人集まるころをひつじ雲

無花果は隠喩さみしいマルコ伝

ガリラヤは漁る湖に柿は実を

赦されて湖を離れる後の月

ジョバンニの孤心ともしび烏瓜

シトロンの果実の香り詩と詩論

少女ゐて数独の日の遠花火

水没の村に歌碑あり賢治の忌

秋霖の鉞《まさかり》の柄《え》の朽ちやすく

龍田姫役にたたないものが好き

桔梗咲くどこか真顔の急ぐ朝

落飾のむらさきしきぶ次の間に

鬼胡桃割つて土偶の顔ふたつ

霧の夜はブリキの太鼓ツッタカタ

悼むとは月下に犀のしとど鳴く

臨界を知つて銀杏の散りやまず

枝豆を岬と思ふ夕まぐれ

朝月夜カフカのプラハうら思ふ
ドラクエの序曲なんども秋の雨

棄教未だし一塊の柘榴割く

秋は落日正気わづかに楕円

身祝ひの髪は飾らず吾亦紅

けものみち地に鬼胡桃の降りしより

蹄音を待つも愚かに霧の茶屋

霧の谷に立てば末裔の冴

結界

神無月誘はれたので行くソワレ

匿名の噂のやうな鎌鼬

廃屋に相談もなく柿落葉

冬晴の野仏白盃伏されをり

冬旱よく燃えさうな牛の糞

北塞ぎ猪鹿蝶にあけくれる

青い薬赤い薬ほか冬の虹

凍蝶の居場所椅子なき現在地

極月の有様として水を汲む

魚心たちまち凍る水心

讃美歌の文語聖夜のオノマトペ

宇津田姫髪を嚙んではニュートリノ

待ち人の来たれど白い寒椿

惜別の鍋ぶつ切りの骨や身や

誰ぞ彼が小便小僧に冬帽子

うはばみの阿亀火男冬眠す

毛糸玉手繰る転がる眠るまで

白昼の見て見ぬそぶり花八つ手

遊びにおいで寒がりのかまど猫

皮薄き男の矜持蜜柑剝く

吾が父は鱈を好まず鱈子好き
牡丹の奥処に癒えぬものを焚く

迷ひ子になりし日のこと山眠る

狐火は山路哀しい嫁入婚

馬の墓掘らば狐火悲話会津

鐘凍り狛犬黯き舌を出す

傷口に垣間見えしは鮫の鰓

山の雨撃たれし熊の血を洗ふ

結界に待つ狼の午後三時

寒波急剎製蒼き息づかひ

雪女郎来よや胸ぬちランプの火

鶏旦の三度拒みし寝覚めかな

むらきもの浄めがたきを寒の水

帝国を名乗るホテルの初国旗

初春の遅れて鼓ぽんと打ち

雪舟の前もうしろも達磨市

勤行は元の木阿弥仏の座

ドレミファのファが好き空に寒鴉

埋火の呼吸は色に出にけり

しづり雪青水晶の目がひらく

母音こつそり吃音の北きつね

熊鍋を喰ひしに母は口拭ふ

父にして竹馬の行きつ戻りつ
朴落葉ひそと陰陽裏がへす

坂道の遠ざかるから寒い影

月蝕の形見海鼠の子だくさん

もういいかい耳のみどり葉雪うさぎ

前衛は鶏小屋に首突っ込んで

すれ違ひざまの流し目日脚伸ぶ

寒落暉嘘八百をあと一つ

臍無きはこの指とまれ寒卵

豆炒つて食べるも自由鬼の春

あとがき

青年葉期より「日本的なるもの」への異和と執着という二律背反の思いに駆られ、その思いを詩や短歌などの表現にぶつけたころもありました。いまにして思えば、糧をもとめて企業人となってからも、その思いを捨てきれずにいたのかもしれません。長い企業生活の中でいつも散文的な世界には収まりきらない言葉を抱いたまま生きてきたような気がしています。この「詩心」というにはあまりにも曖昧なものが四十数年後に「俳句」という器に出会いふたたび自分のなかで抗いを始めたのはコロナ禍という事態が引金をひいたからかもしれません。

しかしその間に、トリビアルなものへのひりひりした感性の鋭さみたいなものをどこかに置き忘れてきたようで、世界との緊張感の中で生まれてくる言葉をいちど想世界の物語におきかえて「俳句」という器におさめています。そういう意味では叙景も叙事も叙情も自分にとって俳句は十七音の小さな、しかし完結した物語。諧謔もよし。季語を通じれば日常性も非日常性も自在に表現できる。〈約束事〉にもたれかかればありふれた表現にも陥るし、〈約束事〉の中に想いを抗わせてみれば新しく発見できるものもある。「作りモノではあるが作りゴトは書かない」と決めたからは、〈俳諧自由〉とは緊張感のある厳しいテーゼだと思う。「わたしの表現」に問われているのは「わたしと世界との関係」だと自分に言い聞かせればなおのこと。まだまだ初学の域を出ないが二年半の句をまとめてみました。

句集をまとめるにあたり、私を俳句という緊張感のある世界へと導いてくださった「遊牧」名誉代表の塩野谷仁さま、代表の清水伶さまはじめ同人の皆様方との句会を通じた温かく厳しい指導に何と言っても感謝しなければなりません。「遊牧」の経験なくしてここまで来られませんでした。また「門」主宰鳥居真里子さまには句集刊行にお力添えと指導をいただきましたこと今後のわたしの俳句にかかわる励みとさせていただきたいと思っています。

二〇二三年九月吉日

川森基次

著者略歴

川森基次（かわもり・もとつぐ）

1954年４月　大阪生まれ
1977年３月　大学卒業後電気メーカー勤務
　　　　　　情報機器の営業、企画、開発に従事
2007年３月　依願退職ののち起業
　　　　　　株式会社ビジカ代表取締役（現職）
2020年８月　作句開始
2021年４月　「遊牧」同人
2021年９月　「門」入会
2022年８月　「遊牧」編集長

現代俳句協会会員

現住所
〒110-0016　東京都台東区台東2-3-12
ラ・ドゥセール秋葉原1106号
Mail Address　mk.belabo@gmail.com

句集　隠喩さみしい　いんゆさみしい

二〇二三年一〇月一二日　初版発行

著　者——川森基次

発行人——山岡喜美子

発行所——ふらんす堂

〒182-0002 東京都調布市仙川町一―一五―三八―二F

電　話——〇三（三三二六）九〇六一　FAX〇三（三三二六）六九一九

ホームページ http://furansudo.com/　E-mail info@furansudo.com

振　替——〇〇一七〇―一―一八四一七三

装　幀——君嶋真理子

印刷所——日本ハイコム㈱

製本所——松岳社㈱

定　価——本体二八〇〇円＋税

ISBN978-4-7814-1602-1　C0092　¥2800E

乱丁・落丁本はお取替えいたします。